Impressum:

Edition Gramala, Pilgramgasse 4, A-1050 Wien.
ISBN 978-3-9503025-0-9

Nelson der Pinguin

Hakon Hirzenberger · Gerhard Kainzner

Als der Rat der alten Pinguine zusammentrat, war Nelson dabei, denn Raymond, Nelsons Großvater, hatte ihn mitgenommen.

„Es steht schlecht um unsere Welt“, eröffnete Heinrich, der Älteste unter den Pinguinen, die Versammlung. „Die Sonne ist so heiß, dass die Pole schmelzen. Auf der anderen Seite, im Norden wird es schneller wärmer, als bei uns im Süden. Es ist zu befürchten, dass unseren frostigen Verwandten, den Eisbären, ihre gefrorene Heimat wegbricht. “Nelson verstand kein Wort: „Was sind denn Eisbären?“, fragte er vorlaut. „Das sind die letzten großen Raubtiere dieser Welt. Sie sind sehr gefährlich und vom Aussterben bedroht.“

Nelson verstand immer noch nichts. „Wenn sie so gefährlich sind“, sagte Nelson, „macht es doch nichts wenn sie aussterben“. „Das ist eine schwierige Frage, mein Kind“, sagte Raymond. Die Pinguine nickten zustimmend und wackelten ihres Weges. Nelson aber nahm sich vor, dieser Sache nachzugehen. Er beschloss die Eisbären zu finden, auf der anderen Seite im Norden.

Er wollte wissen, warum sie so gefährlich sind, die Eisbären, dachte Nelson bei sich. Und er fragte Raymond, seinen Großvater, wo denn der Norden sei? „Wenn der Polarstern über dir steht, dann bist du im Norden", hörte er seinen Großvater Raymond sagen.

Also machte sich Nelson auf den Weg und folgte geduldig den Strahlen des Nordsterns. Am Ende des Lichts liegt ein Schatz vergraben, sagte man unter den Pinguinen.

Nelson wanderte geduldig, bis er eines Tages an das Ende des Eises kam. Dort traf er einen riesigen Wal, der tanzend im Wasser spielte. „Hallo“, sagte Nelson, „kannst du mir sagen, wie ich zu den Eisbären komme?“ „Das ist ein weiter Weg“, sagte der Wal, „aber ich kann dich bis nach Feuerland bringen. Dann muss ich wieder in kühlere Gewässer zurück.“ „Na gut“, sagte Nelson, „dann bring mich doch nach Feuerland!“

Und los ging die Fahrt. Der Wal glitt über die schäumenden Wogen. „Halt dich gut fest“, flötete er durch seine Barten und Nelson spritzte das Wasser ins Gesicht. Bald erkannten sie die Umrisse von Feuerland und kurz darauf schon einen Hafen, in dem viele große Schiffe vor Anker lagen.

„Ich muss jetzt zurück“, sagte der Wal zu Nelson, „du musst jetzt eines dieser großen Eisenhäuser besteigen, die bringen dich dann direkt zu den Eisbären. Und hüte dich vor den Menschen.“ „Sind die auch so gefährlich, wie die Eisbären?“, fragte Nelson. „Die Menschen sind noch viel gefährlicher“, raunte der Wal. „Du kannst sie leicht erkennen, denn sie gehen wie du auf zwei Beinen und töten die Tiere aus Spaß.“ Nelson schauderte, bedankte sich beim Wal und schwamm neugierig seines Weges. Er gelangte zu einer Stahlwand eines riesigen schwimmenden Hauses und kletterte die Ankerkette hinauf.

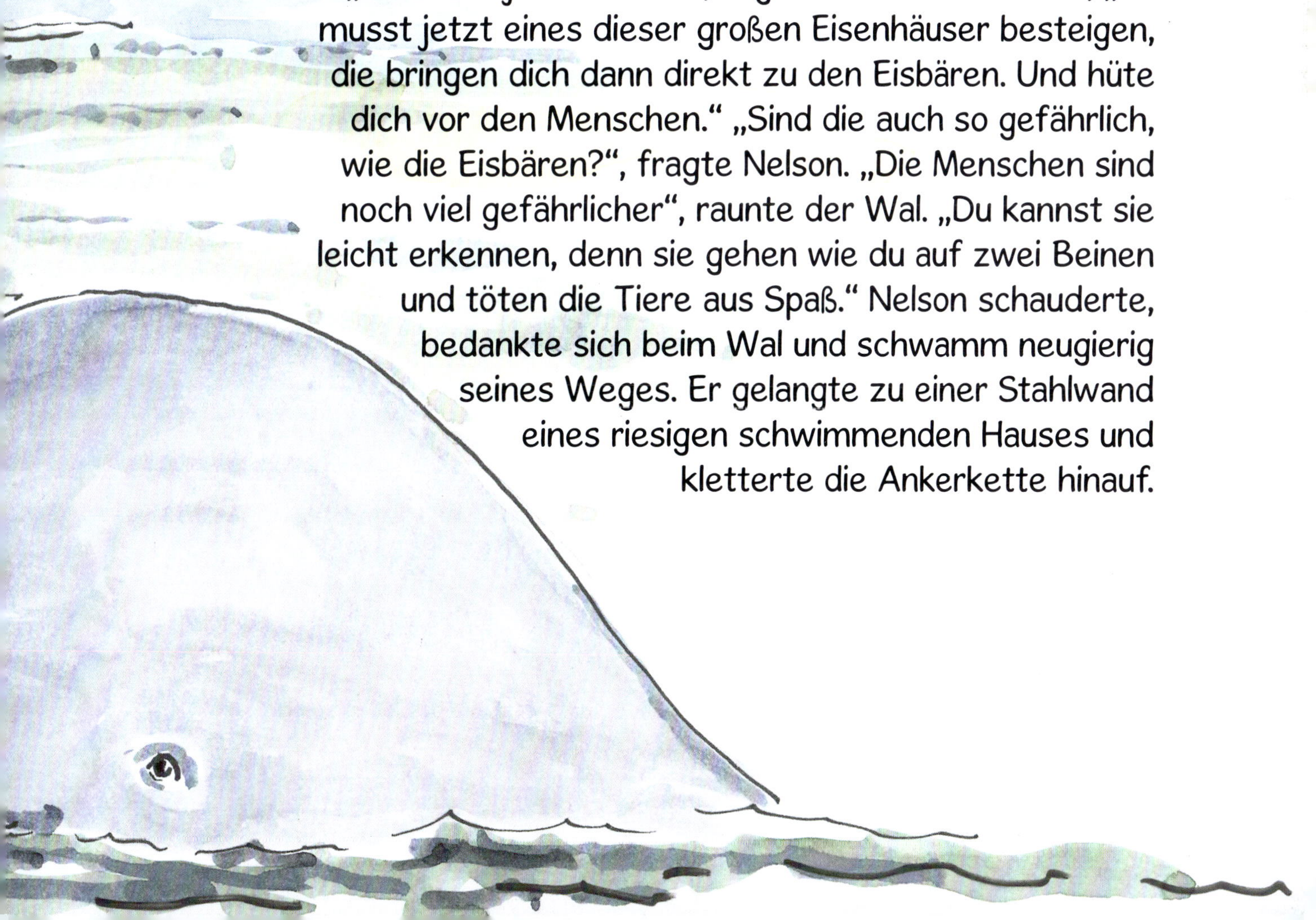

Am Deck des Schiffes angekommen, saßen drei Pelikane an der Reling und erzählten sich alte Abenteuer. Sie schnatterten wild durcheinander.

„Bin ich hier richtig, sind hier die Eisbären?“ „Eisbären? Nie gehört!“, schrie der erste Pelikan. „Na klar“, sagte der zweite. „Heute Abend fährt dieses Schiff nach England. Und das ist schon fast bei den Eisbären. Hier kannst du dich verstecken“, und der dritte Pelikan hob eine Plane auf, unter der ein Rettungsboot verborgen lag. „Du darfst nämlich nicht den Menschen über den Weg laufen, die sind nämlich...“ „Sehr gefährlich“, ergänzte Nelson, „das weiß doch jeder!“

„Das weiß doch jeder, das weiß doch jeder!“ gackerten die Pelikane und warfen lachend die Plane über Nelsons Versteck, sodass es um Nelson herum ganz dunkel wurde. Und weil Nelson sehr müde von der bisherigen Reise war, schlief er augenblicklich ein.

Als er erwachte, war es immer noch dunkel und er verspürte großen Hunger und Durst, aber nichts Ess- oder Trinkbares war in seiner Nähe. „Wer bist denn du?“, fragte ihn plötzlich eine Stimme aus dem Dunkel. Nelson fuhr erschrocken herum und erkannte die Umrisse eines kleinen Wesens, ähnlich einer Schneemaus. „Ich bin die Ratte Hermann und ich schätze du hast Hunger. Komm mit in unser kleines Paradies!“ Und flugs tanzten um Hermann viele kleine Ratten, umkreisten Nelson und trugen ihn in ihr Speisereich. Da gab es Berge von Essen und Getränken, und rasch schloss Nelson enge Freundschaft mit den Ratten, vor allem mit Hermann, der so einiges wusste von der Welt.

Des Nachts saßen die beiden auf dem Dach des Schiffes und zählten die Sterne. „Das ist der große Wagen“, sagte Hermann, „und das dort drüben ist die kleine Ratte“, und demonstrierte stolz seine Sternbildkenntnis. „Morgen früh erreichen wir einen Hafen im Süden, ich werde dich zu einem Eisenzug führen, der dich in den Norden bringt, und von dort musst du das fliegende Haus suchen, dann hast du es geschafft.“

Nelson war glücklich Hermann getroffen zu haben, weil er so viel wusste, und während er selig mit seinem Freund Hermann in die Sterne sah, verschwamm das Dunkel des Himmels mit den Strahlen des Nordsterns.

„Ja was haben wir denn da“, gellte es an Nelsons Ohr. „Einen Pinguin!“ Und einer dieser gefährlichen Menschen stand plötzlich auf zwei Beinen vor Nelson. „Jetzt renn!“, schrie Hermann, der neben Nelson eingeschlafen war.

Die beiden sprangen über die Reling, platschten ins Wasser und tauchten Richtung Ufer. Das Boot war schon am Land vertäut, so hatten es die beiden nicht weit und erreichten alsbald ein Kanalrohr, in das sie hinein schwammen. Es hatte einen furchtbaren Geruch und Nelson rümpfte die Nase. „Das sind die Abfälle der Menschen“, wusste Hermann, „aber sie bringen uns sicher zum Eisenzug.“

„Die Menschen sind also nicht nur gefährlich, sie stinken auch schrecklich“, dachte Nelson bei sich und folgte Hermann, der den Kanal entlang raste.

„Noch zwei Ecken, dann sind wir da“, keuchte Hermann und kroch pfeilschnell eine Wand hinauf. Nelson hatte Mühe mit Hermann Schritt zu halten. Bedächtig kletterte er eine schmale Eisenleiter nach oben.

„Hallo Hermann", tönte es plötzlich aus einer Ritze. „Hallo Sam, da bist du ja", entfuhr es Hermann. „Das ist Nelson, Nelson das ist Sam, die Kakerlake." Die Kakerlake Sam hob seine beiden Stielaugen, um Nelson besser sehen zu können. „Kannst du Nelson mit dem Eisenzug zu den fliegenden Häusern in den Norden bringen?", fragte Hermann, der immer noch ganz außer Atem war. „Aber sicher", krächzte Sam, „und was krieg ich dafür?" Sam klapperte mit seinen Augen. „Ihr gierigen Kakerlaken", stöhnte Hermann. „Du darfst nachher mit mir auf ein Eisenschiff, in unsere Vorratskammer, aber zuerst bringst du Nelson sicher zum Eisenzug!" „Das ist in Ordnung", klapperte die Kakerlake. „Und sorge auch dafür, dass mein Freund der Pinguin auf seiner Reise ordentlich zu essen bekommt." „Du kannst dich auf mich verlassen", rasselte es aus Sam und er winkte Nelson, ihm zu folgen.

Nelson fiel der Abschied von Hermann schwer. Und auch Hermann war traurig. „Werden wir uns wieder sehen?", fragte Nelson und eine Träne kullerte über seine Wange. „Vielleicht sollte ich mit dir zurück auf dein Schiff gehen."

„Aber du willst doch zu den Eisbären, und wenn du sie gefunden hast, dann kommst du zurück und besuchst mich hier. Dann feiern wir ein Wiedersehensfest." „Der nächste Eisenzug fährt jetzt gleich!", rief Sam, die Kakerlake. Hermann umarmte Nelson und stieg nach oben. „Hier durch", flüsterte Sam und Nelson schlüpfte aus dem Kanal.

„Hier herauf!“ Über Nelson stand eine große Eisenplatte mit Rädern dran und er konnte viele Beine von gefährlichen Menschen sehen. Sie hasteten scheinbar sinnlos umher. „Du musst dich beeilen“, sagte Sam ungeduldig. Nelson hüpfte ein Stück höher und saß mit einem Mal in einem Wagon, der voll von Paketen und Koffern war.

„Hier bist du sicher. Und meine Freunde bringen dir gleich etwas zu essen.“ Da kamen auch schon sieben weitere Kakerlaken angekrabbelt. Auf ihren Rücken trugen sie einen großen Fisch. Sie keuchten, legten den Fisch ab und beäugten Nelson neugierig mit ihren Stielaugen. „Jetzt aber raus hier! Die Ratte Hermann bringt uns in sein Vorratskammerparadies.“ „Das ist ja toll“, riefen die anderen Kakerlaken begeistert. „Und du, Nelson, musst aussteigen, wenn der Eisenzug zwölf Mal angehalten hat.“ „Alles klar“, sagte Nelson.

Er war froh, dass Sam und seine Freunde ihn rasch und grußlos verließen. Er mochte ihr Aussehen nicht. Kaum dass Nelson alleine war, begann der Eisenzug zu quietschen, es gab einen Ruck, der Nelson auf sein Hinterteil setzte. Plötzlich spürte er, dass der Eisenzug sich bewegte. Nelson war aufgeregt, weil der Eisenzug immer schneller wurde und ihn vielleicht wirklich näher zu den Eisbären führte. Aber wie sollte das alles weitergehen, dachte Nelson, war es überhaupt richtig, nach den Eisbären zu suchen? Nelson war verzagt und fühlte sich ein wenig allein. Außerdem vermisste er seinen Freund Hermann. Zu zweit reisen ist viel lustiger, dachte Nelson, und mit Hermann kann man sich immer besprechen.

Dann biss er in seinen Fisch, den die Kakerlaken ihm gebracht hatten, und ob des guten Essens vergaß er seine Sorgen. „Takata-tamtam, takata-tamtam“, machte der Eisenzug. Und das beständige „Takata-tamtam“ beruhigte Nelson und wiegte ihn in den Schlaf. Er träumte, dass Hermann bei ihm ist und sie gemeinsam auf Entdeckungsreise gehen.

Ein plötzliches Klopfen riss Nelson aus dem Schlaf. „Hallo, ist da der Nelson?“, gluckste es unter der Eisenplatte. „Du musst rasch aussteigen, es ist der zwölfte Halt!“ Nelson wackelte durch den Wagon, er war vom Schlaf noch ganz benommen und sprang durch die Luke ins Freie.

„Hallo, ich bin Yasmin, deine Stewardess, und werde dich gleich zu den Eisbären bringen!“ Eine wunderschöne Hasendame mit unglaublich langen Ohren blinzelte Nelson zu. „Aber woher weißt du, dass ich zu den Eisbären will?“ „Das haben die vernetzten Kakerlaken weitergegeben. Mit der Kakerlakenpost, der schnellsten Post der Welt. Sie sind zwar nicht so schön anzusehen, sind aber sehr verlässlich“, lächelte Yasmin. „Aber ich kann dir gar nichts geben“, sagte Nelson, denn das hatte er auf seiner Reise von den Kakerlaken gelernt, dass es nichts umsonst gibt. „Du brauchst uns nichts zu geben. Wir hatten noch nie einen Pinguin an Bord und wir freuen uns riesig, dich als ersten Pinguin begrüßen zu dürfen.“ „Wer ist denn wir?“, fragte Nelson. Aber Yasmin war schon vorausgehüpft.

„Beeil dich“, hörte er noch.

„Die Suche nach den Eisbären ist ganz schön anstrengend“, dachte Nelson, „immer muss es schnell gehen“, als ihn plötzlich ein ungeheures Brummen aus den Gedanken riss und er fast den Boden unter den Füßen verlor. Ein riesiges, fliegendes Ungetüm donnerte über Nelsons Kopf. „Das ist unsere Maschine“, flötete Yasmin, „die bringt dich direkt zu den Eisbären.“

„Dieses fliegende Ungetüm wird wahrscheinlich das fliegende Haus sein, von dem Hermann erzählte. Was für ein Glück ich doch habe“, dachte Nelson. „Kaum weiß ich nicht mehr weiter, passiert etwas und bringt mich näher an mein Ziel.“ Außerdem war Yasmin so freundlich und nett. Er folgte ihr gerne über einen langen harten Weg, auf dem das Ungetüm gelandet war, und schlüpfte mit Yasmin in eine Baracke, wo noch viele andere Hasen die beiden erwarteten.

„Da kommt der Pinguin, der Pinguin“, freuten sich die anderen Hasen und sie sausten um Nelson herum, dass diesem ganz schwindlig wurde. „Du musst jetzt in diese Tasche steigen und dich ganz ruhig verhalten“, sagte Yasmin. „Du darfst dich erst wieder bewegen, wenn ich es dir sage.“ Und flugs legten die Hasen einen schwarzen Beutel um Nelson und verschlossen diesen, sodass Nelson abermals im Dunkel stand. Aber nicht für lange. Recht unsanft wurde er von groben Menschenhänden gepackt und auf einen Wagen geworfen, der ihn auf demselben langen, harten Weg in die Innenseite des fliegenden Ungetüms brachte.

NORD POL

Wenig später erklang erneut das ohrenbetäubende Röhren des Ungetüms. Er verspürte wie im Eisenzug einen Stoß, danach ein Klappen und mit einem Mal war es still. Kein takata-tamtam mehr, eher ein Surren, ein Pfeifen. „Du kannst jetzt herauskommen“, flötete Yasmin und öffnete Nelsons Tasche. Nelson mochte das Fliegen. Er fühlte sich so leicht, so unbeschwert. Und er war, wie er jetzt sehen konnte, nicht der einzige Passagier. Da waren noch vier kleine Robben von den Galapagos Inseln, zwei Pelikane aus Honolulu, ein Elch aus Norwegen und ein Polarfuchs aus Grönland. Sie alle waren also weit gereist, aber von der Antarktis kam keiner. Nelson erzählte stolz von seinen Reiseabenteuern und alle lauschten gespannt. Die Hasen versorgten die Passagiere mit Getränken, kicherten immer zu Nelsons Erzählungen und freuten sich, endlich einen Pinguin als Gast zu haben. Die Zeit verging wie im Flug, und die Tiere mussten zurück in ihre Taschen, weil die Landung bevorstand. Nelson hatte sich mit dem Polarfuchs angefreundet, der Björn hieß und der ihn persönlich zu den Eisbären führen wollte. Das fliegende Ungetüm landete sanft. Nelson wurde wieder unsanft entladen, aber er war so von Neugierde erfüllt, endlich den Eisbären zu begegnen, dass ihm das alles nichts mehr ausmachte. Kurze Zeit später befreite ihn Yasmin, Björn stand schon hinter ihr.

„Leb wohl Nelson“, sagte Yasmin, „vielleicht kommst du ja zu uns zurück und erzählst uns, ob du die Eisbären getroffen hast.“ „Das will ich gerne tun, hab Dank Yasmin und bis ganz bald.“ Sie herzte den Pinguin und hoppelte davon.

„Dort drüben“, sagte Björn. Nelson wandte den Kopf und merkte erst jetzt, dass er wieder ganz von kühlem Eis umgeben war. „Bin ich denn wieder zu Haus?“, fragte er, „bin ich also im Kreis geflogen?“ „Aber nein, du bist auf der anderen Seite der Kugel“, sagte Björn. „Im Norden.“

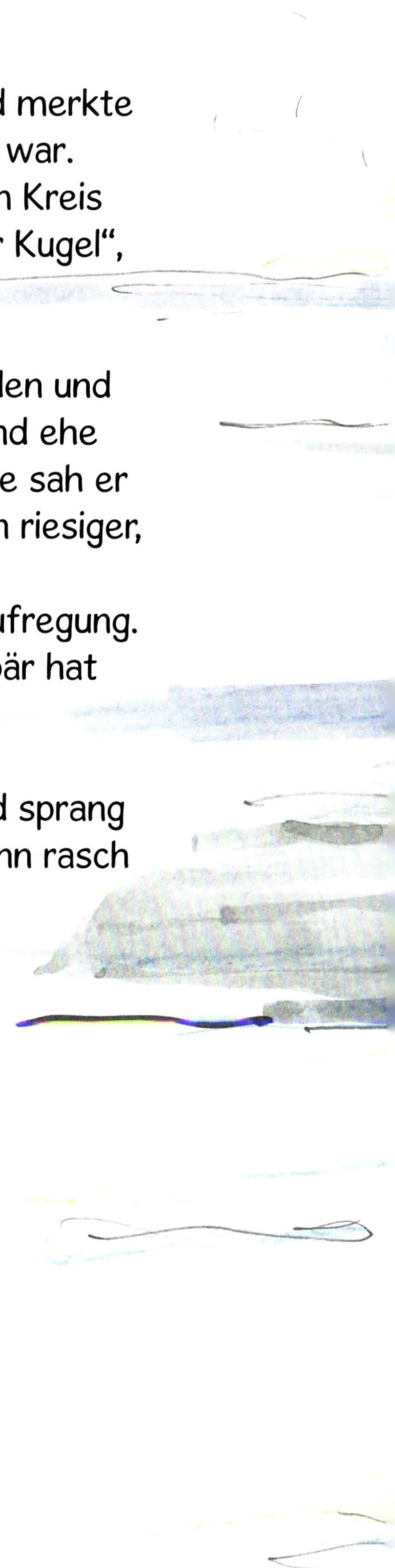

Irgendwie bekam Nelson so eine Ahnung von Oben, Norden und Kugel und so. „Schau, dort drüben! Das ist ein Eisbär.“ Und ehe Nelson genauer über seine Kugelreise nachdenken konnte sah er eine Eisscholle ins offene Meer hinaustreiben, auf der ein riesiger, weißer Eisbär saß und zu ihnen hinüber sah.
„Lass uns zu ihm schwimmen!“ Nelson schrie fast vor Aufregung. „Ich komm da nicht mit“, sagte der Polarfuchs, „der Eisbär hat mich leider zum Fressen gern.“

Björn lächelte verschmitzt, zwinkerte mit den Augen und sprang seines Weges. Nelson sah ihm kurz nach, drehte sich dann rasch um seine eigene Achse und sprang in die Fluten.

Hier war er endlich wieder in seinem Element. Er eilte durch die Wogen und paddelte freudig zu der Eisscholle, auf der der Eisbär sich treiben ließ. Ein Sprung und er landete genau neben seinem lang ersehnten Ziel.

„Hallo", sagte Nelson freudig, „ich komme von weit her um dich zu suchen, also eigentlich zu finden, um zu erfahren warum du so gefährlich bist und warum du vom Aussterben bedroht bist?" Der Eisbär blickte dem kleinen Pinguin lange in die Augen, wovon es Nelson ganz anders wurde. Er überlegte neuerlich, ob es gut gewesen war die Eisbären zu suchen. Und mit einem Mal kamen ihm furchtbare Zweifel. „Vielleicht frisst er mich jetzt gleich und sieht in mir schon die Vorspeise, denn mehr bin ich sicher nicht für diesen großen Bären", durchfuhr es Nelson. Aber für diese Gedanken war es jetzt zu spät, Nelson saß auf derselben Eisscholle, wie der Eisbär, der ihm weiterhin fasziniert in die Augen starrte.

Nach einer langen Weile brach der Eisbär das Schweigen und sprach: „Das sind aber viele Fragen für so einen kleinen Dreikäsehoch. Willst du mir nicht zuerst sagen, wer du bist?" Also erzählte Nelson ängstlich stockend von seiner Reise, von dem freundlichen Wal, seinem Freund Hermann, den Kakerlaken... Der Eisbär sah ihm weiterhin so scharf in die Augen, dass Nelson beinahe aus Furcht die Stimme versagte. „Wirst du mich jetzt fressen?", stammelte er, denn langsam wurden ihm die Konsequenzen seiner Abenteuerreise bewusst. „Aber was", sprach der Eisbär und wandte seinen Kopf wieder mit Blick auf das offene Meer. „Ich fresse doch nichts, was ich nicht kenne. Vielleicht bist du giftig?" „Ja stimmt, ich bin sehr giftig", entfuhr es Nelson und er fühlte, dass er mit dieser kleinen Lüge zumindest fürs Erste vor dem Eisbären sicher war. Einerseits ärgerte es ihn insgeheim, dass man ihn für giftig halten konnte, aber: „Solange der Eisbär mich für giftig hält, wird er mich nicht fressen und ich kann ihn näher kennen lernen", dachte Nelson bei sich. Und er sagte zu dem Eisbären: „Dann können wir ja gemeinsam auf dieser Scholle treiben". Der Eisbär blickte wiederum lange in Nelsons Augen. „Warum nicht", entgegnete er.

„Und wohin soll unsere Reise gehen?", sprudelte es aus Nelson heraus, der so glücklich war, endlich einen Eisbären getroffen zu haben. „Keine Ahnung", sprach der Eisbär nach einer Weile. „Ich treibe schon seit Tagen hier herum und bin mal gespannt, wohin die Reise geht." Der Eisbär fuhr mit seiner Pranke ins Wasser und fischte zwei beachtlich große Fische heraus. Den kleineren gab er Nelson. „Ich heiße im Übrigen Gabriel", murmelte er. „Ich bekomme selten Besuch hier und bin deshalb vielleicht ein wenig schüchtern." Darauf biss er vergnügt in seinen Fisch und lächelte zum ersten Mal von einem Ohr zum anderen. Und dieses Lächeln war so wunderschön, dass es Nelson ganz warm wurde um sein Herz und mit einem Mal wusste er, dass es seine Bestimmung war, die Eisbären zu suchen.

„Danke für den Fisch, Gabriel“, sagte Nelson und setzte sich neben Gabriel auf sein schwarzes Hinterteil. „Auf eine schöne Reise.“ Und so trieben Nelson und Gabriel frohen Mutes gemeinsamen Abenteuern entgegen.